당신은

천준집 제2시집

시음사
시사랑음악사랑

시인의 말

밤길을 걷다 우연히 올려다 본
밤하늘에 별빛이 너무나 아름다워 그 별을 가슴에
담아봤습니다

바람 부는 거리를 걷다
온몸으로 바람을 맞으며 어느 한 무명 시인의 초췌한
기분을 느껴보았습니다

암과 투병하던 친구가
숨을 거두는 날
그것을 지켜보는 친구들의 두 눈에
소리 없이 뜨거운 눈물만 흘러내렸습니다

그 뜨거운 눈물은 내 심장에
파고들어 깊고 깊은 강을 만들었습니다

이 하얀 종이 위에 그 마음의 흔적들을 오롯이 담아
눈물과 고통 속에서 이 한 권의
시집은 탄생하였습니다

바람은 지나가고 고통도 잠시의
기억을 가져다 줄 뿐
오늘도 아날로그의 초침 소리는
그 기억들을 흐리게 할 뿐입니다

저 멀리 기차 소리가 들립니다
이제 떠날 시간이 다가오는군요...

시인 천준집

살다 보면 한두 가지 걱정이야

없겠냐마는 그 걱정은

지나가는 소나기일 뿐입니다

내가 진짜 행복한 이유는

아름다운 사람과의 일상이 있기에

행복한 것입니다

그래서

지금도 행복하답니다

 본문
시낭송
감상하기

QR 코드   스마트폰으로 QR 코드를 스캔하면 시낭송을 감상할 수 있습니다.

 제목 : 아버지의 찬밥 한 덩이
시낭송 : 박순애

 제목 : 다시 사랑할 수 있다면
시낭송 : 박순애

 제목 : 그렇게 가리라
시낭송 : 박순애

 제목 : 별빛 그리움
시낭송 : 박순애

 제목 : 독도
시낭송 : 박태임

 제목 : 보고 싶은 당신
시낭송 : 최명자

 제목 : 중년의 고독
시낭송 : 박순애

 제목 : 당신의 하루가
　　　　　 행복했으면 좋겠습니다
시낭송 : 박영애

시인은 자연을 이야기하고 시낭송가는 자연을 품었다.
글자는 날개를 달아 언어로 날고 소리는 자연에 눕는다.

>> 목차

우리가 가는 길에

가시밭길이 있을지라도

당신과 내가 남은 인생 오십 년은

더도 말고

덜도 말고

행복이란 꽃을 피우고 싶습니다.

보고 싶은 그대를
그리운 마음에 불러보고 싶었지만
메아리로 돌아올 것 같아
차마 부르지 못하고 가슴에 꾹꾹
눌러 담고 말았습니다.

>> 목차

밤하늘에 별들이 아름답게 보이는 것은
아직 그대를 사랑할 수 있다는 희망이
있기 때문입니다

밤하늘에 별을 보고 행복하다 느껴지면
내가 그대를 사랑하고 있기 때문입니다

오늘 하루도
숨 쉴 수 있어 다행이다
그리고 그것에 감사하자

지금 이 순간은 힘들고 지치지만
희망이 있고 꿈이 있기에
다행한 일이 아닌가

소중한 것

집이 비좁아
늘 불편하다 생각했었지,
거리에 노숙자를 보기 전까지는

지금 내 가슴 속엔

내 가슴에 그런 발자국 하나 숨어있네

어느 가슴인들 꽃 한 송이 없겠느냐마는
어느 가슴인들 아픈 상처 하나쯤 없겠느냐마는

내 가슴 속에 끊임없이 허허로운
발자국 하나 남아있네

어느 가슴인들 눈물 한 줌 없겠느냐마는
어느 가슴인들 외로운 바람 한 점 없겠느냐마는

내 가슴 속에도 고독이 쌓여 어느 하루도
비탈진 계곡을 걷지 않는 날이 없구나
오롯이 그 길엔 홀로 남겨진 들꽃처럼

당신이 바람으로 쓸쓸히 남긴 발자국 하나
내 심장에 불멸로 남아 쓰리게 피어있네

버리고 나니 아름다워라

낡고 오래된 가구는 버리고 싶듯이
마음속에 불신과 낡은 생각은 한번 버려보십시오
마음이 한결 가벼워질 것입니다

살면서 문득 울고 싶을 때가 있습니다
그것은 울고 싶은 것이 아니라
마음속에 눈물이 있기 때문입니다

울고 싶을 때는 마음을 한 번 열어 보십시오
새 가구가 들어오듯 훨씬 마음이 밝아질 것입니다

살다 보면 순간 마음이 아파질 때가 있습니다

그것은 마음이 아픈 것이 아니라
마음이 닫혀 있기 때문입니다

마음 깊숙이 문을 열고
마음 안쪽에 꽃밭을 한번 가꾸어 보십시오

아픈 마음은 사라지고
예쁜 화초가 자라듯
매일 마음에 꽃이 필 것입니다

6월의 사랑 꽃

호텔 커피숍에서
처음 만났던 그대
커트 머리에 빛나던 눈동자

난 커트 머리를 하고 왜소해 보이는
당신을 외면하고 그 자리를 박차고 나왔지

세월이 흐르고
6월의 장미꽃 필 때
전화 속 그녀의 목소리

내게 딱 한 번만 더 만나 달라는
애절한 당신의 말에 흔들린 나

열렬한 그 사랑 끝에
한평생 당신과 함께 하루를 맞는
행복한 남자

내가 싫어할까 봐 그날 이후
단 한 번도 좋아하는 커트를
하지 않는 착한 그녀

그녀는 진정한 천사였다.

소박한 희망

누군가는 지금 눈물을 흘리고
또 누군가는 지금 고통 속에서 몸부림친다.

삶이 버거울 때 가끔 하늘을 올려다 보라
눈 부신 태양이 구름에 가려지지 않는 것은 아니다.

지금 눈물을 흘린다고 해서
슬픔을 모두 지울 수 있는 것은 아니다.

먹구름이 낀 하늘에 밝은 태양이 비추듯
슬픔이 걷히는 날이 있으리라.

우리는 그나마 실오라기처럼
가느다란 희망이 있기에
세상 버틸 힘이 있지 않은가
그대여 부디 희망을 버리지 마라.

애원

그대 내게 머물러 주십시오

오늘같이 내 가슴이 우울하고
까닭 없이 눈물이 흐를 때
그대 내게 머물러 주십시오.

당신 없는 텅 빈 자리에
외로움의 나무가 자라면
초라한 나는 마음 줄 곳이 없습니다.

부디 내게 머물러 주십시오.

굳이 사랑한다는 말은 접어두고
따스한 눈빛 하나면 충분한 당신,

애써 사랑이란 말을 담지 않아도
느낌 하나만으로 알 수 있는 당신,

강이 흘러 바다를 만나듯
내 외로움은 그대 품속으로
스며들게 해 주십시오.

나뭇가지 흔들며 지나는 바람이 아닌
풀잎에 이슬이 앉듯
그대 내게 조용히 머물러 주십시오.

마음 착한 당신 부디 내 곁에
머물러 외롭지 않은 등불을 켜 주십시오.

바람 부는 오월

당신을 만난 오월은 행복합니다
지금 내 가슴에 바람이 불고

청매실 잎 그늘진 숲속
속삭이는 당신의 목소리가 정겹습니다.

솔바람 스칠 때 아스라이
가슴에 느껴지는 당신의 눈빛
그것은 설렘입니다.

당신은!
바람 부는 오월에 그렇게
나를 흔들고 있습니다.

사랑한단 말 한마디만 해 주십시오
그 한마디가 애타는 것을요.

그렇게 가겠소

삶이 그렇소
구름처럼 산중 턱에 잠시
머물다 가는 게 인생이잖소

베풀지 못한 부(富)가
그대의 발을 묶는다면
먼 길 떠날 때 어찌 편히 가겠소

우리네 인생 이슬처럼
풀잎에 잠시 앉았다 가는 인생이잖소

베풀고 나누다 보면 가는 길
한결 가벼워지지 않겠소.

친구야

초롱 빛 맑은 눈
너의 얼굴
너의 미소

살아 있어 좋고
만날 수 있어 행복한 거야

오늘도 그리움의 발자국은
널 찾아간단다

아프면 볼 수도
만날 수도 없는 것
만나면 잡은 손 놓지 말자 우리

보고 싶은 친구야!
보고 싶은 널 볼 수 있음이
행복한 거야

우리가 천만년 사는 건 아니란다
아프면 함께 아플 줄 알고
슬프면 함께 눈물 흘리는 것이 친구란다

함박눈이 내리는 거리를
함께 걸어보지 않을래

그렇게 살고 싶다

세상 살면서 눈물 흘리지 않고
행복한 일만 생긴다면 얼마나 좋을까

비 오는 날 비에 젖지 않고
마른 걸음 걸을 수 있다면 얼마나 좋을까

사랑하는 사람과 평생을 살아도
이별이 찾아오지 않는다면 얼마나 좋을까

나 그렇게 살고 싶다

울고 싶을 때가 있습니다

사람이 살다 보면 갑자기
가슴이 막혀 울고 싶을 때가 있습니다

그럴 때는 자신이 자신만을
다스릴 수 있기 때문에
잠시 하던 일을 멈추고
한 번쯤 마음을 가다듬는 것도
자신을 편안하게 할 수 있습니다

태양이 눈 부신 것은
구름이 없기 때문입니다
사람도 늘 행복할 수는 없습니다
가끔 구름이 끼듯이 고통이 있어야
자기만의 성장이 있을 것입니다

밤하늘에 별빛보다 달빛이
더 은은한 것은 별보다 달이
우리에게 더 가까이 있기 때문입니다

눈물을 흘리고 싶을 때는
한 번쯤 가까이 있는 그 누구에게라도
마음을 열어보십시오

눈물은 눈물샘이 막혀
눈물이 쌓이듯이 마음을 열어
눈물이 고이지 않도록 해야 합니다

온전히 마음을 비워 나를 한 번 태워보십시오
울고 싶은 것은 그다지 마음만의
상처는 아닐 것입니다.

아버지의 찬밥 한 덩이

헐벗은 가난에 처절하게 몸부림치는
아버지는 그럴 때마다 노를 저었다

바람 불어도 흔들리지 않고
겨울이 와도 추운 줄 모르는
아버지는 그런 사람이었다
아버지는 그런 줄만 알았다

동해 한 점 섬 울릉도가
고향인 아버지는 가난한 어부였다
잊을 수 없는 하얀 쌀밥 한 덩이

밤을 다하여 오징어잡이에 힘드셨을 텐데
배고프고 쌀밥이 귀한 시절
큰 가마솥에 보리밥이 전부고
한쪽에 쌀밥을 지어
어머니가 싸준 하얀 쌀밥 도시락
그 도시락을 아버지는 다 드시지 않고
매일 남겨 저에게 먹게 해주신
하얀 쌀밥 한 덩이

그땐 아버지가 배불러서 그런 줄 알았다
배가 불러서 남기는 줄 알았다
세월이 지나 나도 자식을 낳아 보니
그것이 아버지의 사랑이란 것을
그 아버지가 오늘은 눈물겹도록 보고 싶다

그 섬엔 아버지의 무덤이 있고
오늘도 아버지의 영혼이 숨 쉬는 그곳
그곳에서 흰 쌀밥은 드실까?

제목 : 아버지의 찬밥 한 덩이
시낭송 : 박순애
스마트폰으로 QR 코드를 스캔하면
시낭송을 감상할 수 있습니다.

이정표

가쁜 숨 몰아쉬며 山을 넘었고
앞만 보고 달리다 江을 건넜다

누구를 위해 내 몸을 태워야 했나
구겨지고 찢긴 나의 존재
나 자신을 위로할 틈도 없었다

눈물로 江을 건너고
고통을 짊어지고 山을 넘었다

한 발짝 뿌려진 눈물과 땀은
山이 되고 江을 이루다

나의 존재는 허허로움이었고
결국은!
모든 걸 다 버리고 가야 할 것을,

눈물 젖은 편지

사랑한다는 말을 쓰다가 지우고
그립다는 말 대신
빈 종이에 마음만 채웠습니다

그리움에 눈물이 앞을 가려
하고픈 말 모두 잊고 그리움의 고통으로
하얀 편지지에 눈물자국만 보냅니다

눈물 편지를 받은 당신 마음이 다칠까
예쁜 꽃잎도 함께 동봉합니다

주소는 보고 싶은 그대라 적었다가 지우고
사랑하는 그대라 적었습니다

애절한 마음으로 보낸 편지가
비구름이 없는 맑은 날
당신의 품으로 도착하겠거니 여기겠습니다.

울지마 친구야

먹구름이 밀려와도
슬퍼하지 마!
밝은 태양은 뜬단다
마음 약해 하지 마!
네가 있어 나도 살 수 있는걸
울고 싶어도 울지마
어제 내린 소낙비가
너의 눈물이었잖니
찬바람이 불어오는 북쪽만
있는 것은 아니란다
산들바람이 불어오는 남쪽도 있단다
울지마 친구야
내가 너를 기다려주는
그리움이 있잖니

인생은 낙엽처럼

파란 새순이 돋아
푸른 잎으로 평생을 살다가
어느 황혼기에 단풍처럼 곱게 물들이면
낙엽처럼 지고 마는 인생의 뒤안길
천년을 살 것처럼 푸른 잎새였건만
나뭇잎 물들듯 인생의 황혼기가
익어 갈 때쯤
어느 한 줌의 바람이 불면
나뭇잎처럼 떨어지고 마는 것을
가여워라 덧없는 인생

바람 불면 그곳으로 가보자

많은 세월 스쳐 간 바람이 얼마든가
봄바람이 오는가 싶으면
어느덧 찬 바람이 가슴을 할퀸다
삶이 힘들고 지칠 때
그곳으로 가보자
그곳은 언제나 산들바람이 불어와
삶이 힘겨운 나를 일으켜 세운다
오늘도 바람은 나를 스친다
바다가 보이는 그곳으로 가보자
발길 닿는 그곳으로

안부

내가 힘들고 지칠 때
누군가 내게 안부를 묻는 이가 있다면
그 고운 마음을 내 마음속에
차곡차곡 저금을 하리라
나도 언젠가 그가 힘들고
지친 기색이 보이면 내 마음을 열어
그에게 안부를 물어보리라

내가 행복한 사람이 되려면

내가 행복한 사람이 되려면
우선 웃는 연습을 해야 합니다
그것은 웃음없이 행복한 일이 없기 때문입니다
하루하루 살아가면서
삶이 버겁더라도
기어이 불행하다고 생각하면 불행한 것이고
행복하다고 생각하면 행복한 것입니다
지나간 아픈 기억은 서둘러 지우고
과하지 않은 삶의 지혜로
주위를 둘러보면 행복이란 큰 산을
만날 수 있을 겁니다
행복은 결코 물질에서 오는 것이 아니라
마음에서 오기 때문입니다
채움의 목적이 아닌 나눔의 목적으로 생을 산다면
행복은 내 안에 더 빨리 자리할 수 있을 겁니다
한 걸음 한 걸음 욕심의 길로 가는 것보다
한걸음 나눔의 길로 걷는다면
그 길은 행복의 길로 훨씬 빨리 갈 것입니다
남을 비교하는 길을 가지 말고
그냥 나 혼자 무덤덤하게 갈 수 있는 길을 선택해야 합니다

행복은 물질이 아닌 마음입니다
행복하다 행복하다
종일 주문을 외다 보면
행복은 이만치 나를 기다려 줄 것입니다
행복은 보이지 않지만 내가 원한다면
언제든 가질 수 있는 마음의 풍금입니다

소금 같은 사람

소금은 그냥 소금이 아닙니다
바닷물이 증발해 만들어진 것이 소금입니다
그래서 소금은 음식을 만들 때
꼭 필요한 양념입니다
사람도 마찬가지입니다
내면에 분포된
버릴 것은 모두 버려야 맛갈스런
소금처럼 꼭 필요한 사람이 될 것입니다
긴 세월 동안
내가 비우고 버려야 할 것이
무엇인지 생각해봅니다
빛깔 좋은 소금처럼 누구에게나
잘 어울리는 양념 같은 사람이 될 것입니다,

당신입니다

나를 눈물 나게 하는 것도 당신입니다
나를 사랑해준 사람도 당신입니다
어느 날 가슴 깊숙이
사랑의 증표를 남긴 사람도 당신입니다
어떤 날 바람처럼 왔다가
가슴 저미게 그리움을 준 사람도 당신입니다
오늘 그런 이유로
나를 힘들게 하는 사람도 당신입니다
비명처럼 다가온 당신 그도 당신입니다
나에게 행복을 줄 사람도 결국 당신입니다,

한 송이 꽃이 될 수 있다면

내가 한 송이 꽃으로 필 수 있다면
당신의 눈을 즐겁게 하리오.

내가 한 송이 꽃으로 필 수 있다면
당신의 마음을 행복게 하리요.

내가 한 송이 꽃으로 필 수 있다면
당신에게 쉬이 다가갈 수 있을 터인데...

그리움이 나를 찾아오면

바람이 나를 스칠 때
나는 바람에 흔들려 보고
바람 속을 걸어봅니다

소나기가 나를 적시면
나는 소나기에 한번 젖어 보고
빗속을 걸어봅니다

그리움이 나를 찾아오면
나는 그리움 속에 빠져
기억 속에 그대를 찾아갑니다

8월의 편지

8월엔 당신께 편지를 적겠습니다
뜨거운 태양만큼 내 마음의 열정을 모두 담아
당신께 보내 우리다

혹여,
가슴으로 쓴 편지가 눈물에 젖는다 하더라도
시원한 피도 소리와
계곡의 물소리
종달새 울음소리도 함께 담겠습니다

등나무 그늘에 솔바람은
끈적한 살갗에 스치 우고
땡볕에 울어주는 매미 소리가
한 가닥 위안이 되는 8월
그 8월에 당신께 편지를 적겠습니다

그렇게 살다 가겠지요

가련한 이 한 몸
이 세상 살다 가겠지요

바람이 불면 부는 대로
낙엽이 지면 지는 대로
그렇게 살다 가겠지요

언젠가 저 먼 하늘길
찾아야 가겠지만
이 한 몸 그렇게 살다 가겠지요

이 세상 머물러 있는 동안
고통도 따르겠지요
눈물도 흘리겠지요

바람처럼 구름처럼
그렇게 왔다 갈거예요

다시 사랑할 수 있다면

하늘이 눈물을 흘리는 까닭이 무엇일까
저 하늘을 올려다 보라
나처럼 울고 있지 않은가
맑은 하늘에 비가 오는 것은 아니듯
무슨 까닭으로 비가 내릴까

내가 밤을 다 하여 괴로워해야 하는 까닭은 무엇인가
내가 밤을 다 하여 술을 마셔야 할 이유는 무엇인가
내가 내 외로움을 너에게 줄 수 없듯이
너 또한 이 밤이 다 하도록
괴로워한다면 이 얼마나 가슴 아픈 일인가

우리가 누구의 잘못을 탓하기보다
한 번쯤 삶을 뒤 돌아봐야 하지 않겠는가
밤을 다 하여 술을 마시며 괴로워하는 것보다
밤을 다 하여 서로를 그리워할 수 있다면
그 얼마나 눈물겨운 일인가

밤길을 걸어가는 저 연인들을 보라
얼마나 행복하고 다정하지 않은가
손을 맞잡고 서로의 어깨를 내어 주며
평행을 이루고 있지 않은가

그래,
이제 일어나 그렇게 가야 한다
목마름의 갈증을 느껴보라
밤을 다 하여 울고 있어야 할 이유가 무엇인가
밤을 다하여 괴로워할 이유가 이유가 무엇인가

우리가 다시 손을 맞잡고
서로의 어깨를 내어 줄 수 있다면
유리창 너머 다정히 앉아 소곤대는
저 연인들처럼 행복하지 않겠는가
우리가 다시 사랑할 수만 있다면.

제목 : 다시 사랑할 수 있다면
시낭송 : 박순애
스마트폰으로 QR 코드를 스캔하면
시낭송을 감상할 수 있습니다.

그 사람을 만났네

어느 날 그 사람을 만났네
기억 속에 담고 있던 그 사람을 만났네

바람 속에 거닐다 우연히 만난 그 사람
약속이나 한 듯이
보고 싶다고 말 한 듯
그 사람을 만났네

밝은 미소 수줍은 여심
뒷모습이 아름다운 그 사람을 만났네

심장이 터질 것 같은 울림 속에
그리움은 음악처럼 흐르고
그 그리움 속엔 언제나 너와 내가 있었네

아침 이슬처럼 살짝 왔다가 사라진 그 사람
그 사람을 우연히 만났네.

당신이었으면 좋겠습니다

밤하늘에 별을 보며
사랑한다고 나지막이 속삭이는 사람이
당신이었으면 좋겠습니다

꽃길을 걸으며 행복하다 속삭이는 사람이
당신이었으면 좋겠습니다

차 한 잔 마시며 고운 눈길
주고받는 이가 당신이었으면 좋겠습니다

바람 불어도 그 바람에
흔들리지 않고 넘어지지 않는 사람이
당신이었으면 좋겠습니다

이슬이 아침 햇살에 사라진다 해도
변함없는 마음으로 평생을 함께 살고픈 사람이
당신이었으면 좋겠습니다

그런 당신이 내 곁에
있다는 것은 내생에 최고의 선물입니다

당신과 한 백 년쯤 살 수 있다면

당신과 내가 한 백 년쯤 살 수 있으면 좋겠습니다

당신과 살아온 세월이
슬픔으로 이 십 년
고통으로 이 십 년
눈물로 십 년을 살았지만

남은 인생 사십 년은 행복으로 채우고
그 나머지 십 년도 당신 위해 살고 싶습니다

때로는
바람이 지나가고
때로는
천둥 번개가 요란을 떨었지만
그 누가 뭐래도
남은 인생 오십 년은
행복으로 살고 싶습니다

우리가 가는 길에
가시밭길이 있을지라도
당신과 내가 남은 인생 오십 년은
더도 말고
덜도 말고
행복이란 꽃을 피우고 싶습니다.

밤하늘에 별을 보며

나는 밤하늘에 아득히 보이는
별을 보며 지나간 흔적을 떠올려 봅니다

아스라이 멀어져 있는 별처럼
기억 저편에 잊혀가는
이름 하나를 생각해봅니다

오늘따라 밤하늘에 별은
내 가슴에 온통 그리움으로 채워지고

스쳐 지나간 그대 흔적이
불현듯 주마등처럼 지나갑니다

하나둘 셋
반짝이는 별 중에
빛을 잃어가는 희미한 별
저 별도 나를 보고 있을까

수없이 많은 별 중에 나와
마주친 저 별은 무슨 까닭으로
빛을 잃어만 가고 있을까

별은 변함없는데
그대와 나 사이에 거리는 별빛처럼
아득하기만 합니다

아름다운 연습

미소는 얼어붙은 마음을
녹여주는 천사의 얼굴입니다

내가 하얀 이를 보이고
미소를 보낸다면
지금 내 앞에 있는
그대도 엷은 미소를 보이겠지요

내가 지금
세월에 찌든 때를 입고
미소가 사라져버린 흉한 얼굴에
아름다운 연습을 합니다

내일은 당신에게 아름다운
미소를 보낼 수 있겠지요

소유

나를 소유하려 함은
그로 인해 오히려
너를 버리게 하는 것이니
온전히 너의 마음을 비우는 것이
나를 소유하는 것
내가 들어갈 수 있도록
자리를 비워주는 것이
나를 소유하는 것이므로
너의 가슴에 넓은 자리 하나
만들어 주렴
사랑은 소유가 아니라
지켜주는 것.

그렇게 가리라

바람 불면 바람 부는 데로
그렇게 흔들리리라
비가 오면 비에 젖어보고
넘어지면 다시 일어나
걸어가리라

세월은 그 자리 그대로인데
나는 지금 어디로 가고 있는가
돌아보아도 그 자리
눈을 감아도 그때 그 자리
변한 건 없건만
나는 늙어만 간다

세상에 나 혼자 내버려 둔 것처럼
외로울 때가 있다
별을 봐도 아름답지 않고
꽃을 봐도 향기가 없을 때
세상에 우두커니 나 혼자
버려진 것처럼 허무할 때
나는 눈물이 난다

그래,
내가 올 수 있다는 건 다시
시작하겠다는 말이다

지지 않는 꽃이 어디 있으랴
떨어진 꽃이 썩어 거름이
되어 다시 꽃이 피듯이
나 넘어져도 다시 일어나
그렇게 걸어가리라

나 그렇게 눈물 속에 다시 피어보리라

바람아 불어다오
청춘을 잡을 수만 있다면
바람 앞에 촛불이 될지라도
세상의 울타리에서 꺼지지 않는 촛불이 되리니
나 늙어감에 서럽지 않다면
바람 부는 대로 그렇게 걸어가리라.

제목 : 그렇게 가리라
시낭송 : 박순애

스마트폰으로 QR 코드를 스캔하면
시낭송을 감상할 수 있습니다.

7월을 사랑합니다

따가운 햇살 속에
쏟아지는 소나기는 7월을 적시고
폭음에 찌든 내 마음도 적시 웁니다.

한여름 타들어 가는
아스팔트에 한줄기 빗줄기는
내가 그리워하는 당신의 마음을
씻어내리고
그 그리움은 빗길 되어 내 가슴속
깊은 곳으로 흘러갑니다.

마음을 훑는 소나기가 좋고
바람이 창문을 두드리는 소리가 있어
7월을 그렇게 사랑해야만 했습니다.

뼛속까지 스미는 찬 바람은 없지만
나를 기다리는 당신이 있고
마음을 적셔주는 그리움이 있기에
7월을 사랑합니다.

그리움이 나를 스치면 나는
그리움 속에 빠져 그대 이름 되뇌며
7월을 안겠습니다.

내가 꽃으로 필 수만 있다면

내가 한 송이 꽃으로 필 수 있다면
이름 모를 들꽃보다는
남들이 기억하는 예쁜 꽃이 되렵니다
꽃으로 피어나 짧은 생을 마감한다 해도
꽃으로 피렵니다

장미가 예뻐서 꺾일지라도,
이름 모를 들꽃보다는 장미로 피어나
누군가에게 향기가 되고 미소가 될 것입니다

먼저 피었다 지고 마는 목련보다
들길에 피어나 누군가의 발자국에 짓눌리는 들꽃보다
병실 구석진 곳 화병에서 시들지라도
장미로 피렵니다

꺾이면 어떤가 모든 이에게 향기와 사랑을
주면 될 것을
내가 꽃으로 필 수만 있다면.

남자가 술을 마실 때

술병에 바람이 분다
알 수 없는 외로운 바람이 분다

좋아서 한 잔.
고독해서 한 잔.

그래
남자가 술을 마실 때는
분명 그 어떤 이유가 있을 거야

여인 내의 젖무덤이 그립다든가
아님
폭포수가 흐르는 은밀한 계곡이 그리워
남자는 술잔을 든다

눈물을 흘리고 싶지만
눈물이 나오지 않을 때
남자는 술잔을 비운다

세월을 낚고
청춘을 돌아보며
쓰디쓴 술잔에 비치는
고뇌에 찬 얼굴

긴 한숨 속에 술병이 비워지고
온몸에 퍼지는 짜릿한 전율
남자가 술을 마실 때
술은 남자를 마셔버린다

너

그런 네가 가슴에 담겨 있는
것만으로도 좋다

매일 보지 못해도
자주 목소리을 들을 수 없어도

너의 존재가 이 세상에
있다는 사실 하나만으로도
나는 행복한 것인데

내 마음 구석구석
너의 흔적들로 남아
너를 생각하는 지금 이 순간
너무나 행복할 수밖에

나를 데려가 주오

나를 데려가 주오
다른 사람 만나
웃음 지을 때 오시지 말고

나 외로울 때
데려가 주오
외로움은 너무 슬픈
일이니까요.

꽃잎이 떨어질 때
오지 마세요
이왕 오실 것
봄비가 내릴 때
찾아오세요
봄비는 너무나 외롭거든요.

그대 오시려거든
사뿐사뿐 오세요
나를 데려가려거든
꽃길 따라서 오세요
꽃길은 나를 유혹하기
충분하니까요.

6월을 사랑합니다

바람에 흔들리는
푸르른 녹원은 나를 설레게 합니다.

나뭇잎 사이로 찌르는
태양 빛은 정열로 피어오르고
오월에 태우다 남은 열정이 있기에
6월을 사랑하렵니다

장미도 떠나고
양귀비도 떠난
허접한 6월에
풋과일의 향기가 싱그럽고
능소화가 있기에
6월을 사랑합니다.

장미 향이 좋고
양귀비가 있어 행복했던 오월
그 오월을 붙잡을 수 없기에
내 앞에 머문 6월을 더 사랑합니다.

청보리가 익어가고
청포도가 영글어 가는 6월
내가 누군가 사모하는 만큼
그 6월을 사랑하렵니다.

그것에 감사하자

내가 하늘을 날 수 없는 것은
날개가 없기 때문이요
내가 밤하늘에 별을 볼 수 없는 것은
두 눈이 없기 때문입니다.

하지만
나는 걸을 수 있고
들을 수 있음에 감사합니다.

왜냐면
두 다리와 맑은소리를
들을 수 있는 귀가 있기 때문입니다.

혹여,
그중에 다른 하나가 없다 할지언정
감사하며 살아가렵니다.

그것마저 없이 살아가는 사람이 있을 테니
난 그것에 감사하렵니다.

그대는 누구신가요

내가 한 그루 나무였을 때
나를 흔들고 간 그대는
바람인가요...

내가 한 잎 풀잎이었을 때
나를 울리고 간 그대는
이슬인가요...

내가 한 송이 꽃이었을 때
살며시 다가와 입맞춤 한 그대는
정녕, 누구신가요.

오월에 피는 장미

눈 앞에 펼쳐진 오월
내게 찾아온 그 오월에 장미가
곱게 피었습니다.

백장미...
흑장미...
장미가 활짝 피었다는 건
내 마음에도 사랑이
시작되었다는 것입니다.

살다 보면
갑자기 누군가에게 꽃을 주고
싶을 때가 있습니다

담벼락에도,
누군가 거닐던 낯선 길 모퉁이에도,
오월을 곱게 채울
장미가 피었습니다.

그 오월의 장미를 한 송이 꺾어
당신께 드리고 싶습니다

그 장미 제가 드린다면
받아주시겠습니까

당신이 그립습니다

보고 싶은 그대를
그리운 마음에 불러보고 싶었지만
메아리로 돌아올 것 같아
차마 부르지 못하고 가슴에 꾹꾹
눌러 담고 말았습니다.

잘 가란 말 한마디 못하고
그대를 보낸 후 뒤돌아서서
눈시울을 붉히며 날마다 가슴 태워야만 했지요.

햇살 가득한 창가에 앉아
따뜻한 차 한 잔에 피어오르는
향기를 음미하며 가슴에
당신의 흔적들로 채우고
그리움 한 아름 가슴에 새기며
당신을 생각합니다.

만나지 못한 애틋한 마음을
차 한 잔으로 잠재우며
찻잔 속에 담긴 당신을
눈물로 삼켜야만 하는 오늘이
너무나 그립습니다.

내게 소중한 사람

밤하늘에 반짝이는 별보다
달이 더 밝은 것은
그 빛이 온유하고 내 곁에
더 가까이 있기 때문입니다.

아름답고 향기가 나는
사람일지라도 멀리 있다면
내게는 아무런 소용 없는 것처럼.

비록 향기는 없을지라도
마음이 온유하고 달빛처럼
지치지 않는 사람이 곁에 있는 것이
내게는 훨씬 더 소중하기 때문입니다.

누군가 그리운 날

후두두 비가 내리는 날이면
나도 모르게 창밖을 보게 됩니다
창가에 흐르는 빗물에
외로운 마음은 커가고
누군가 찾아올 것 같은 그리움은
가슴에 통증으로 남아
애처롭게 흘러내립니다

바람이 덜커덩 창문을
할퀴고 지나가는 날이면
그 바람 소리에 귀 기울이며
누군가 내 마음을 흔들고 지나가는 것 같아
창가에 귀 기울이고 싶어집니다

밤하늘에 별들이 반짝일 때
하늘을 올려다보면
아득히 보이는 별들이
누군가 그리움을 데려다줄 때
하염없는 그리움에
나는 고개를 숙이고
지나간 사랑을 그려 봅니다

내가 행복한 이유

나는 행복합니다
내가 행복한 이유는
내가 잘나서 행복한 것은 아닙니다

내가 행복한 이유는 돈이 많아서
행복한 것은 더더욱 아닙니다

내가 행복한 이유는 사랑하는
가족이 있기에 행복하고

내가 행복한 이유는
욕심을 담을 수 있는 그릇이 없기에
행복한 것입니다

살다 보면 한두 가지 걱정이야
없겠냐마는 그 걱정은
지나가는 소나기일 뿐입니다

내가 진짜 행복한 이유는
아름다운 사람과의 일상이 있기에
행복한 것입니다

그래서
지금도 행복하답니다

그냥 두세요

그냥 두세요
바람이 분다고 안간힘을 쓸 건가요
안간힘을 쓰다 보면
뿌리째 뽑힐 수가 있잖아요

바람이 불면 부는 데로 흔들리세요
그렇게 흔들리다 보면
바람은 지나가고
뿌리째 뽑힐 일은 없잖아요

4월을 사랑합니다

찬바람이 뚝 그치고
꽃비가 내리는 4월의 어느 날
그 4월을 사랑합니다

겨우내 켜켜이 쌓인 먼지도 씻고
마음 한켠 담아두었던 고독을
씻을 수 있는 봄비가 내리는 4월
나는 그 4월을 사랑합니다

혹여,
오늘처럼 마음이 우울하거나 외로울 때
집 밖을 나서면 나를 반기는
활짝 핀 꽃나무를 볼 수 있어 행복합니다

내 안에 꽃잎 같은 그대 향기를
담을 수 있기에 내게 찾아온 4월을
더 사랑합니다

그냥 내버려 두세요

나이 먹고 늙어 간다는 것을
우울해 말아요
우울해 한다고 젊음이 다시
오는 것도 아닌데

세월이 가고 늙어가더라도
그냥 내버려 두세요
모두가 늙어 가는 것을

그렇게 모습이 변한다 해도
가만히 두세요
가는 세월을 붙잡을 수는 없잖아요

우울해 한다고
세월이 멈추는 것도 아니고
걱정한다고
젊음이 다시 오는 것도 아닌데

마음만 더 늙어 갈 테니
그냥 내버려 두세요

독도

슬픈 괭이갈매기의 울음소리로
하루를 맞는 우리 땅 독도
동쪽의 찬란한 여명은
한반도에서 가장 먼저 해가 뜨는
독도의 하루를 열어가는 희망의 빛이다.

이 땅에 뿌리를 내리고
조국의 정기를 받은 동도와 서도는
동해를 지키는 국토의 붉은 심장.

푸른 바다 우뚝 솟은 장엄한 독도여
지금 이 순간에도 들리지 않던가
생선 냄새 비릿한 이웃 나라
그들의 찢어진 입에서 툭 내뱉는
터무니 없는 망언들.

봄이면 파룻파룻 땅속을 헤집고 나온 섬 기린초
여름엔 괭이갈매기의 분주한 산란에
독도가 풍요롭다
가을은 울릉도의 정기를 받아
독도의 위상이 하늘을 찌르고
겨울엔 찬 바람과 눈보라가 휘몰아쳐
외로운 독도의 살갗을 찢는다.

독도여!
너는 아는가
아침에 깨어나면 너의 안부가
궁금해한다는 것을
그간 얼마나 많은 세월을 홀로 견디어 왔는가.

독도는 섬이 아니다 이 조국의 뿌리다
잊을 만하면 망언을 늘어놓는
그들의 푸념은 결코 물거품과도 같은 것.

그래,
망언은 때로 몽둥이가 필요한 것.
수 만 년 비바람에 패이고
수 억 년 파도에 다듬어져
눈부시게 아름다운 독도의 얼굴

그렇다,
독도는 너무나 아름답다
독도를 보는 순간 눈물이 난다
가슴에 끓어오르는 뜨거운 눈물이 난다
아름다운 독도여 이젠 일어나라
그리고 더 우뚝 솟아라.

섬 기린초 / 독도에서 자라는 식물
괭이갈매기 / 독도에 서식하는 갈매기
동도 / 독도 섬 두 개 중에 동쪽에 위치한 섬
　　　현재 독도 수비대가 수비하고 있습니다
서도 / 독도 섬 두 개 중에 서쪽에 위치한 섬
　　　현재 독도 주민이 살고 있습니다

제목 : 독도
시낭송 : 박태임

스마트폰으로 QR 코드를 스캔하면
시낭송을 감상할 수 있습니다.

71

별빛 그리움

밤하늘에 별빛이 아득히 보이는 것은
아직 내 안에 그대를 담을 수 없기 때문입니다

밤하늘에 별들이 아주 작게 느껴지는 것은
내가 아직 그대를 사랑할 수 없기 때문입니다

밤하늘에 별들이 아름답게 보이는 것은
아직 그대를 사랑할 수 있다는 희망이
있기 때문입니다

밤하늘에 별을 보고 행복하다 느껴지면
내가 그대를 사랑하고 있기 때문입니다

제목 : 별빛 그리움
시낭송 : 박순애
스마트폰으로 QR 코드를 스캔하면
시낭송을 감상할 수 있습니다.

그리운 당신

머릿속을 떠나지 않는
당신이 있기에 기다림과 슬픔과
눈물이 공존합니다

늘 안개처럼 다가오는 당신
그런 당신을 오늘도 막연하게 기다립니다

잡으려면 잡히지 않고
저만큼 더 멀어지는 당신
언제까지 당신을 부여잡고 가야 할건지,

얼마나 더 기다려야 당신을 만날 수 있을까
오늘도 그리움으로 수놓는 당신
그런 당신을 나는 하염없이 되뇝니다

하얀 일기장

내 앞에 곱게 펼쳐진 하얀 일기장에
마음 한자락 담아본다
빛과 희망을 담고
배려와 감사를 담는다

하얀 일기장에 추억을 한아름 담아놓고
생각을 써 내려가고 세월을 노래하고
인생을 노래하니

맛깔스레 담가진 양념처럼
인생의 희로애락을 담고
늙은 낙엽 한 장을 책갈피에 끼운다

가는 세월이 아쉬운 듯
하얀 일기장은 오늘도 신음을 토하고
세월의 옷을 입고 그렇게 비틀거린다

바람과, 꽃과 구름의 만남…
사랑, 행복, 그리고 이별…
그 속에서 하얀 일기장은
내일의 詩를 쓴다

바람과, 꽃과 구름의 만남…
사랑, 행복, 그리고 이별…
그 속에서 하얀 일기장은
내일의 詩를 쓴다

보고 싶은 당신

내 마음속에 채워진 당신
그런 당신이
오늘은 눈물 나게 보고 싶습니다

밤새 당신 생각으로
이 밤을 지새우고 뜬 눈으로 새벽을 맞이했어도
그런 당신이 내 마음속에 있다는 것만으로도
나는 행복합니다

문득 그리운 마음에 천정을 쳐다보고
벽을 둘러 보아도
그 어디에도 보이지 않는 당신의 흔적

전화벨 소리에 당신인가 싶어 보니
당신의 흔적은 찾을 길 없고
그리움의 고통만 밀려옵니다

내 마음에 그리움을 남겨놓고 떠난 당신
오늘은 왠지 당신이 가슴 시리게 그립습니다

외로움의 고통으로 몸부림치고
내가슴에 피멍이 들어 그리움의 상처에 눈물이 흘러도
당신을 만날 수 있다면
이 가슴의 그리움은 참을 수 있습니다

내 가슴 속에 영원한 사랑으로 채워진 당신
내 마음속에 지울 수 없는 당신의 흔적으로
곱게 물들인 당신
오늘 그런 당신이 왠지 미치도록 보고 싶습니다

제목 : 보고 싶은 당신
시낭송 : 최명자

스마트폰으로 QR 코드를 스캔하면
시낭송을 감상할 수 있습니다.

바람

바람은 누구에게나 있다

그 바람은 보이지 않을 뿐이지

어떤 이는 그 바람에 울고

어떤 이는 그 바람에 웃고

오늘도 바람은 어딘가 스친다

다만 보이지 않을 뿐이지

힘이 되는 삶

태양이 구름에 가려졌다고 해서
영원히 빛을 잃은 것은 아니듯

살아가면서 고통과 절망이 앞을
가로막을지라도
모난 돌멩이가 파도에 깎여 둥근 돌이 되듯이
험한 인생길을 걷다 보면 삶의
지혜를 깨칠 수 있을 겁니다.

바람 부는 산야에 자라는 억새가
부러지지 않는 것은
흔들리는 법을 알기 때문입니다.

살아가면서 어찌 가시밭길을
걷지 않을 수 있으리오

구름에 가려진 태양이 다시 밝게 비추듯
가시밭길은 희망의 디딤돌이
될 수 있기 때문입니다.

황혼

소쿠리에 주워온
단풍 몇 잎
도토리 몇 알
나도 이처럼
곱게 물들고 있는가.

바람이 참 맑은 날

바람이 맑은 날에는
고즈넉한 찻집에 앉아 잔잔한
음악을 들으며 찻잔 속에 나를
한번 그려놓고 싶습니다.

바람이 맑은 날에는
잊혀가는 기억을 꺼내어
내가 아는 모든 이에게 안부를
한번 물어보고 싶습니다.

바람이 참 맑은 날에는
삶에 찌든 내 가슴을 열어
미소도 담고
희망을 담아
누군가의 아픈 가슴에 치료사가
한번 되고 싶습니다.

당신은

당신은 한 번이라도
슬픈 눈동자를 가진 이의 마음을
읽어 본 적이 있나요.

당신은 단 한 번이라도
그 누구에게 꽃으로 피어 본 적이 있으신가요

당신은 누구에게 한 번이라도
마음을 열어 힘이 되어 준 적이 있으신가요

당신은 꽃을 꺾을 때 그 아픔을
단 한 번이라도 느껴본 적이 있으신가요

당신은!
외로운 병실에서 병마와 싸우며
눈물로 고통받는 이의 손과 발이 되어 준 적이
단 한 번만이라도 있으신가요

당신은 단 한 번이라도 세상의 울타리에서
귀하디귀하게 꼭 필요한 사람이 되겠다고
맹세한 적이 있으신가요

당신은 그냥 그런 사람인가요

꽃도 모진 세월을 견뎌야 망울을 피우듯
그대여 다시 피어나십시오

한순간

한순간 그대가 내게 던져준 미소는
잊을 수 없습니다
한순간 그대가 내게 준 따스한 눈빛은
잊을 수 없습니다

한순간일지라도 그대가
내 곁에 가까이 온 그 순간을
정녕 잊을 수 없답니다

그 한순간이 이토록 긴 여운을
남길 줄 미처 몰랐습니다
찰나의 아픔이었음을.

이별 그 아픔

눈물은 뜨겁고
이별은 아픈 것,

그대여!
부디 사랑을 함부로
하지 마라.

너 때문이었어

가슴에 사랑을 채워놓고

가슴에 그리움을 심어준

너는 그냥 바람인 줄 알았어

너의 향기는 아름다웠지

때론 널 가슴 아프게 했고

때론 눈물도 있었지만

그런 널 사랑할 수 있었던 것도

알 수 없는 너의 향기 때문이었어

그런 너를 사랑해

지금도,

가을 우체통

바람에 흩날린
그리움 한 잎

꼬깃꼬깃 접어서
그대에게 띄워 보내면

행여나 날아올까
그대라는 낙엽 한 장

우체통 앞에 서성이다
까맣게 타버린 심장

그대여

그대여!
삶이 버거울 때 가끔
눈물도 흘려보자
눈물도 거름이 되나니.

그대여!
갑자기 삶이 초라하다 느껴지거든
가슴 한 쪽에 작은 꽃밭을 만들어 보라,

그 꽃밭에서 자라는
한숨과 절망이라는 잡초를 태우고
꿈과 희망이라는 꽃을 가꾸어보자.

어쩌다 가뭄이 오거든
눈물을 쏟아부어 행복이란 열매를 맺게 하자.

그대여!
마른 밭에 희망의 씨앗을 심어보자.

어느 날 문득

어느 날 문득 바람이 찾아오거든
그 바람에 몸을 세우고
바람을 한번 느껴보십시오
흔들이는 갈대의 심정을 느낄 수 있을 것입니다.

어느 날 문득 비가 내리거든
그 비에 흠뻑 젖어보십시오
우산 없이 길을 걷는 아픈 이의 심정을
헤아릴 수 있을 것입니다.

어느 날 문득 내게 그리움이 찾아오거든
마음 깊이 그리워하십시오
그 그리움이 깊어 누군가를
사랑할 수 있을 테니까요.

나는 지금

가난이 죄인가요
당신에게 아무것도 해줄 수 있는 것이
없습니다

눈물을 흘리는 것이 죄인가요
슬퍼서 울고 싶은 마음뿐입니다

당신을 보고 싶어 하는 것이 죄인가요

당신이 보고 싶어서
보고 싶은 것이 죄라면
눈물도 흘리지 않겠습니다

내 곁에 그대 없으니 이렇게
슬픈 눈물만 흘릴 뿐입니다.

살면서

한겨울 찬바람이 가슴을 할퀼 때
한여름의 열대야를 한번 생각해 보십시오
한결 몸이 따뜻할 겁니다.

한여름 열대야가 나를 지치게 한다면
동지섣달 맹위를 떨치는
동장군을 잠시 생각해 보십시오
분명 한순간일지라도
더위를 잊게 될 것입니다.

삶을 포기할 만큼 내게
어두운 그림자가 드리운다면
조용히 눈을 감고 한 번 더
어려웠던 시간들을 생각해 보십시오.

반드시 그 힘든 시간은
바람처럼 훑고 지나갈 것입니다.

살아가면서

세상에 태어나서 당신께
얻은 것은 예쁜 말투와 포근한 미소입니다.

세상에 태어나서 당신께
받은 것은 행복한 일과 철철 넘치는
당신의 사랑입니다.

가끔은 나를 위해 약간의 질타도
있었지만, 그것은 우리에게 아무런
문제가 되지 못합니다.

세상에 태어나서 내가
당신께 줄 수 있는 것 또한 무진장 많습니다.
사랑...
행복...
믿음...
그리고 죽을 때까지 당신께
드리고 싶은 것이 한 가지 더 있습니다.

그것이 뭔지 지금은 생각나지 않지만
그것 또한 살면서 당신께 베풀어
당신이 내게 준 은혜보다 더
깊고 깊은 마음으로 보답하겠습니다.

중년의 고독

등 뒤에 짊어진 짐이 없을까만은
등이 휘어지는 건 중년이라 그럴까?

바람 한 점에도 휘청거리고
내리는 가랑비에도 마음이 젖는
나는 고독한 중년이어라.

떨어지는 낙엽만 봐도
울꺽, 목이 메이는 건 중년이라서 그럴까
사람이 살아가는 건 다 똑같은 것인데
유독 나만 가슴을 찌르듯 아파오는 건
아마도 중년이라서 그럴까?

유난히 침묵이 드리우는 밤이면
그리운 얼굴 가슴에 파고들어
넘치듯 출렁이는 외로운 알갱이들
상념에 잠겨야 할 뿌리 깊은 고독

그래!
이 몹쓸 고독을 버릴 수만 있다면
빈 술잔에 채워지는 술처럼
누군가를 찰랑찰랑 내 가슴속에 담을 수만 있다면
한평생 살아가는 길에
나 더는 고독하지 않을 터인데

나 이렇게 혼자 외로움으로
정녕,
중년에 꽃을 피울 수는 없는가.

중년에 고독한 이여!
나에게로 다가오라
우리가 만나 서로의 가슴을 나눌 수 있다면
서로의 눈물을 닦아줄 수 있다면
너와 나 남은 세월 고독의 늪에서
헤집고 나올 수 있으련만.

제목 : 중년의 고독
시낭송 : 박순애

스마트폰으로 QR 코드를 스캔하면
시낭송을 감상할 수 있습니다.

그것은 참 행복한 것입니다

밤하늘에 별을 함께 샐 수
있는 사람이 옆에 있다는 것은
참 행복한 것입니다.

같은 이불을 덮고
함께 숨 쉴 수 있는 사람이 있다는 것도
참 행복한 것입니다.

아침에 눈을 떠 아름답게
얼굴을 마주할 수 있는 이가 있다면
그것은 참 행복한 것입니다.

지금 주위를 둘러보십시오
곁에 머물러 내게 미소를 던지는 이가 있다면
나는 참 행복한 사람입니다.

내가 받은 그 미소와 맑은 눈빛을
받은 이에게 돌려준다면
분명 그도 행복한 사람이 될 것입니다.

뇌물

물고기도 안다
인간이 던져주는 미끼를
먹어야 할지를 고기도 안다

그래서 고기도 먹이 입질을 할 때
덥석 물지 않는다

하물며 사람이 독인 줄 알면서
때론 뇌 물인 줄 알면서
덥석 입질하고 만다

물속에 사는 고기도 아는 이치를
인간은 모르고 산다

순간의 판단력이 흐리면
평생 물고기보다 못한 인생을
살고 만다.

버리고 살자

욕심 그거 버리고 살자
버리고 나면 채워질 것이 있나니
욕심을 채운다고 다
채워지는 것이 아니다
그 욕심 손에 쥔 모래알처럼
빠져나가는 것은 한순간일 것이다
버려도 저절로 쌓이는 것이 있나니
그것은 마음에 채워지는
나만의 행복인 것을,

12월의 일기

딱 한 장 남은 달력이
지난 일년을 돌아보게 하는 달
꽃이 피고 나뭇잎 물들 때
참 행복했습니다.

당신이 있어 행복했고
그립지만 당신이 있기에
울지는 않았습니다
문득 그리운 마음에 뒤돌아보면
세월은 벌써 저만큼 지나가고

지나온 세월 따뜻한 사람을
만날 수 있어 행복했습니다
나는 지금 마음에 일기를 씁니다.

내 뜨거운 정열로 누군가의
찬 가슴을 녹일 수 있다면
누군가 나를 걱정 해주고
나 또한 누군가를 위로해주는
12월이 되고 싶습니다,

11월에 만나고 싶은 사람

가슴속에 숨겨둔
11월에 만나고픈 한 사람이 있습니다
가을이 떠나가듯 마음 한쪽에
휑하게 비워진 곳에
따뜻한 마음으로 채우고 싶은
한 사람이 있습니다

마지막 잎새 떨어지면
단풍나무 아래서 꼭 만나고픈 한 사람이 있습니다
겨울이 오고 찬바람이 불기 전에
만나고픈 한 사람이 있습니다

소나무 철갑 옷 속에 찬 바람이 스밉니다
몸으로 느끼는 찬 바람은 옷 하나
더 걸치면 되지만 마음에 스치는
그 찬 바람을 막아줄 따스한 사람 만나고 싶습니다

가을 사랑아

보고 싶은 사랑아
너를 보고 싶다는 생각이
가슴에 차올라 목구멍으로 솟구칠 때
너는 내게 눈물이고 그리움이어라

보고 싶은 가을 사랑아
오늘은 빛 좋은 가을 하늘에 바람이 일듯
그리움의 돛단배는 널 찾아간단다

내 발길 등불 밝혀줄 사랑아
오늘 아니 도착하거든
내일 동녘 하늘에 태양이 솟구칠 때
널 찾아 떠나리

붉은 심장 내어준 가을 사랑아
가다가다 지치면 너를 품고
그곳에서 살리라,

행복이 물든 집

파란 초록 지붕 아래
행복한 사람들의 숨소리가 들립니다

행복한 사람들은
남의 것을 탐하지 아니하며
남을 시기하지도 않습니다

행복이 물든 집에는
가난이 찾아와도 불안하지 않습니다
행복이 물든 집에는
비가 내려도 마음이 젖지 않습니다

행복이 물든 집에는
마음이 평화로워
얼굴엔 미소가 어리며 웃음소리도
끊어지질 않습니다

삶의 뜨락에서 욕심을 던지고
남을 배려한다면
언젠가 행복이 물든 집으로 바뀔 것입니다

오늘도 초록 지붕 굴뚝엔
행복의 연기가 몽글몽글 피어오릅니다.

사랑할 때가 더 외롭다

사랑하는 사람이 생기면 온 세상이
다 내 것인 것 같아도 아니다
때론 텅 빈 정류장처럼 휑할 때가 있다

아무도 없는 것같이 외로운 것은
더 많은 사랑을 갈구하는
욕심 때문일 것이다
사랑하는 이와 잠시의 이별은
서럽고 눈물 나는 일이다

사소한 감정 다툼에도
하늘이 무너지는 것 같은 고통은
그와 일치하고 싶은 욕망 때문이다

사랑을 하면서도 서러운 것은
그의 일상을 갖고 싶고
조금 더 그 영혼 속에 녹아내려
둘이 아닌 하나로 살아가고 싶은
간절한 소망 때문이다

사랑할수록 더 깊은 사랑이 필요하고
더 많은 것을 알고 싶어 한다
더 오래 함께 있고 싶으나
함께 있을 수 없어 사랑할 때가 더 외롭다

내 마음에 보석

세상에 내가 가질 수 없는 보석은 없다
언젠가 내가 보석을 사기 위해
금은방엘 갔었지
내가 갖고 싶은 보석은
그 어디에도 없었다

금은방 진열대를 샅샅이
뒤지고 나서야 알았다
보석은 세상에 내가 가지고 싶다고
가질 수 있는 것이 아니라는걸
보석을 보석처럼 꿰어야 아름다운 것은 아니다
말하지 않아도
가슴에 숨어 있어도
빛날 만큼 아름다운 것이 보석이다

내가 찾는 보석은 바로 당신인 것을
금방에 왔어야 알았다
당신은 내 마음속에
당신은 내 영혼 속에
반짝반짝 빛나는
변하지 않는 보석인 것을,

사랑하기 때문에

사랑하기 때문에
보고 싶은 것이고
사랑하기 때문에
갖고 싶은 것입니다

사랑하기 때문에
행복한 것이고
사랑하기 때문에
그리운 것입니다

내 가슴이 뜨거운 것은
그대를
사랑하기 때문에
그런 것이고

내 가슴이 외로운 것도
그대를
사랑하기 때문에
그런 것입니다

사랑하기 때문에
고마움을 느끼고
사랑하기 때문에
눈물도 흘리는 것입니다,

내가 살아가는 이유

오늘 하루도
숨 쉴 수 있어 다행이다
그리고 그것에 감사하자

지금 이 순간은 힘들고 지치지만
희망이 있고 꿈이 있기에
다행한 일이 아닌가

눈을 뜨면 신선한 바람이 있고
수평선처럼 아득히 보이는
그리운 사람과의 안부가 있기에
이 아침이 아름다운 것이다

그것이 내가 살아가는 이유인 것을

고통과 절망 속에서 병마와 싸우는
이웃이 있어 그들을 한 번 더
돌아보고 용기를 주어야 한다

지금 나는
두 다리로 멀쩡하게 걸을 수 있고
아름다운 세상을 바라볼 수 있는
눈이 있지 않은가

세상 살면서 멀쩡한 육신으로
고마움을 느끼지 못하고
노력 없이 한탄만 한다면
가슴 아픈 일이 아닐 수 없다.

멀쩡한 육신으로 무엇이든 해 보라
자신에게 희망과 용기를 줄 수 있기에 감사할 일이지 않은가

흔들리지 않는 나무가 어디 있으랴
한 세상 바람 속을 걷는다 해도
따스한 이웃이 있고
따스한 정이 있으니
한 번쯤 살아볼 만한 세상이 아닌가,

홍역

가을이다

외로워 마라,

산자락에 단풍잎 붉게 물들면

나도 곱게 물들어간다

너도 그렇더냐

나처럼,

9월의 안부

한여름 하늘거리는 여인의
미니스커트 바람도 조용히 잠들고

잔잔한 풀벌레 소리에
9월을 느낍니다

보이지 않는 바람 소리에 전해오는
그대 향한 그리움은 내 가슴
깊은 곳으로 스며들고

뜨거운 열대야가 가져다준 고통도
이글거리는 아스팔트의 열기도
기억 저편으로 던져 버렸지요

파란 하늘이 가져다준 선물에
두 팔 벌려 9월을 품으며

나는 모든 이에게 9월의 안부를 전합니다

사랑하는 사람아

사랑하는 사람아,
그대는 밤새 내 마음속에 꽃처럼
피어나 스쳐 지나간 사랑이었나
지나간 시간 속에 추억이 가슴에
멍울져 얼룩이 된 아픈 사랑이었나.

첫눈이 쌓이듯 소복소복 그리움이 쌓여
이제는 눈물조차 말라버릴 것 같은 그 사랑에
나는 별빛이 내릴 때 창문 틈으로
너의 흔적들이 바람결에 스며들어
잠 못 이루었지.

별 하나의 사랑과
별 하나의 그리움과
내 안에 온통 큐피드 화살을 던져버린
사랑하는 사람아,

이슬이 마르고 아침이 밝아 오면
사랑의 여운은 녹겠지만
하늘을 올려다보며 그리움에
목젖을 타고 내려가는 뜨거운 눈물을 삼켜야 하는
내가 사랑한 사람아,

그리움에 글썽이는 그 눈물은
내 심장에 고이고
밤새 흘린 눈물이 강을 만들어
그리움의 배를 띄운다 해도
나 당신만을 사랑하리니...

애당초 꽃처럼 다가온 그리움이
시냇물에 흘러간다 해도
나 절망하지 않고
기꺼이 당신을 사랑하리오
내가 진정 사랑하는 사람아...

꽃병을 보며

너는 외롭다는 말보다
내게 미소를 주었지,

너는 아프다는 말 대신
내게 향기를 주었지,

그런 너의 아픔을 보고
해 줄 수 있는 게 없네.

그냥 눈빛만 줄 수밖에..

등대

밤바다 춤추는 파도 위
아스라이 보이는 등대
외로움으로 넓은 가슴 움켜쥐고
그리움에 떠밀려 여기까지 왔네

사랑에 허기진 연인들
등대에 빨려들 듯 모여들고
애틋한 사랑을 속삭이는 밀애는
등대는 듣고만 있었지...

누군가 낙서로 고백하는 사랑의 옷은
화려한 줄무늬가 되고
바람에 부대끼고 비에 젖어
슬픈 여정을 보내야 하는 등대,

오늘도 뱃고동 소리에 쓸쓸함을
이기지 못한 착한 갈매기
등대 위 소리 없이 춤춘다...

너를 위하여

내가 한 자루 초였을 때
너는 나를 태우는 불꽃이 되었어

내 몸이 불타 눈물이 흐를 때
그것을 지켜보는 너는 아픔이었지만

너 또한 나를 위해
그 한 몸 모두 태웠으니

나는 너를 위해 기꺼이 이 한 몸
바치 우리라

나는 무엇을 하고 있느냐

하늘을 올려다본다는 것은
큰 뜻을 품으라는 것이고

산을 바라다본다는 것은
솔처럼 푸르게 살라는 것이고

바다를 바라다본다는 것은
수평선처럼 아득히 누군가
그리워한다는 것이다

나는 지금 무엇을 보고 있느냐
그래서 무엇을 느끼고 있느냐?

사과와 용서

자신이 행한 행동이 잘못으로 느껴질 때
그냥 잘못을 뉘우치고 한 번 사과를 해보십시오
사과는 진정 아름다운 내 마음을 내미는 것입니다

진정으로 사과를 한다는 것은
내가 나를 다스릴 줄 알아야 합니다
머리를 숙이는 것은 결코 쉬운 일이 아니기에
생각의 고뇌 속에서 피는 아름다운 꽃
그 고통의 꽃이 얼마나 아름답겠습니까

사과는 용서받을 수 있는 비좁은 통로로 걸어가
더 큰 나를 발견할 수 있을 때
내 안에 향기가 나는 꽃이 필 수 있을 것입니다
그러니 잘못이 인정되면 서둘러 사과를 해 보십시오
사과를 받는 쪽보다 훨씬 더 마음이 편할 것입니다

또한
용서는 아름다운 마음을 가진 사람만이
나눌 수 있는 배려기에 용서를 한다는 것은
그 사람의 인품이 향기가 나기 때문입니다
그러니 용서할 일이 있으면
아름답게 용서를 해보십시오

사실 따지고 보면 용서하는 쪽보다
사과를 하는 쪽이 더 마음이 편안할 것입니다

그래서 사과와 용서는
물 흐르듯 하나가 된다는 뜻입니다
지금 사과를 하고 싶다면 손을 한 번 내밀어 보십시오
분명 누군가 잡아 줄 것입니다

당신의 하루가 행복했으면 좋겠습니다

아침 햇살 따사로운 창가에 서서
내가 줄 수 있는 아름다운 미소로
당신의 하루가 행복했으면 좋겠습니다

베란다 창문이 열리고
맑은 아침 공기가 불어와 화초의 싱그러움을 전할 때
하루를 맞이하는 당신의 마음이
행복으로 물들면 좋겠습니다

구수한 된장찌개가 내 입맛을 돋우고
진수성찬은 아니더라도
소박하게 차려진 밥상머리에
감사한 마음으로 수저를 들 때
그것을 바라보는 당신이 행복했으면 좋겠습니다

때로는
아파하고 힘든 일도 있겠지만
당신과 내가 아름다운 공간에서
마주 보는 눈빛으로 하루라는
선물에 행복을 느꼈으면 좋겠습니다

피곤함에 지쳐 고단한 삶의 연속일지라도
따뜻한 말 한마디가 당신의 가슴에
스며들어 닫힌 가슴을 녹이고
함께 마시는 차 한 잔에 마음을 열어주는
당신이었으면 좋겠습니다

하루를 살아도 아니 십 년을 살고
백 년을 살아도 처음 만난 그때처럼
아름다운 마음 변하지 않고
늘 설레는 마음뿐이라면 좋겠습니다

가진 것은 없을지언정 내가 가진
따뜻한 마음을 주려 할 때
그것을 감사한 마음으로 받아주고
그것이 당신께 주어진 행복이라
여겼으면 좋겠습니다

혹여 당신이 눈물 흘린다 해도
그것이 슬픈 눈물이 아닌 행복의
눈물이겠거니 여기겠습니다
나 그렇게 당신의 행복을 빌겠습니다

제목 : 당신의 하루가
　　　 행복했으면 좋겠습니다
시낭송 : 박영애
스마트폰으로 QR 코드를 스캔하면
시낭송을 감상할 수 있습니다.

꽃

꽃이 예쁘다고 함부로 꺾지 말라
그 꽃도 눈물 흘릴 줄 안다.

꽃1

꽃이 예쁘다고 함부로 입맞춤 말라
그 꽃도 다 알고 있다, 당신의 향기를.

꽃2

꽃이 예쁘다고 놀라지 말라
그 꽃은 더 놀라고 있다.

꽃3

꽃이 예쁘다고 탐하지 말라
어차피 때가 되면 시들고 만다.

꽃4

꽃을 돈으로 흥정하지 말라
꽃은 노예가 아니다.

하늘에는

하늘에는 별만 있는 줄 알았습니다
하늘에는 달만 있는 줄 알았습니다

그게 아니었습니다

하늘을 쳐다보니 눈물도 있었습니다
하늘을 쳐다보니 그리움도 있었습니다

하늘에는
축복과 은혜로움이 반짝이며
내가 언젠가 고통스럽게 걸어가야 할
비좁은 통로도 있었습니다

아득히 보이는 별을 보며
한가지 소원을 빌어봅니다

하늘에는 하늘에는
꿈도, 그리고 희망도 있었습니다

인생도 낙엽 따라

늦은 가을 오후
아파트 벤치에 앉아 가을을 마신다

바람 한 점 스치면
내 어깨 위에 뚝 떨어지는 늙은 낙엽 한 장
새순으로 돋아나 그늘을 짓고
자연을 만들다 그렇게 평생을 살다가
이제 흙으로 돌아가나 보다

패티김의 가을을 남기고 떠난 사람
노래가 생각나는 오후 2시

덧없는 인생사
바람에 뒹구는 저 늙은 낙엽처럼
나도 언젠가 흙으로 돌아가고야 말 것을,

담쟁이

질기고 질긴 생명 하나가 벽을 오른다
끝없이 새로운 뿌리를 내리며 벽을 오른다

삭막하고 그 어느 것 하나 뿌리 내릴 수
없는 곳에 담쟁이는 둥지를 튼다

새벽 동이 틀 때부터 노을이 물드는 저녁까지
별빛이 내려앉는 적막한 밤에도
귀뚜라미가 하소연하는 슬픈 날에도
담쟁이는 벽을 오른다

사람들이 잠든 고요한 밤에도
담쟁이는 자기의 땅을 개척해 나간다

그의 앞길엔 불가능이란 없다

사람들은 모두가 절망이라고
포기할 때 담쟁이는 벽을 오른다

사람들은 모두가 희망의 끈을 놓을 때쯤

담쟁이는 고갈된 열정을 태우고 나서야
스스로 붉게 물들어 간다.

그 한순간이 이토록 긴 여운을

남길 줄 미처 몰랐습니다

찰나의 아픔이었음을.

당신은

천준집 제2시집

2018년 12월 7일 초판 1쇄
2018년 12월 10일 발행
지 은 이 : 천준집
펴 낸 이 : 김락호
디자인 편집 : 이은희
기 획 : 시사랑음악사랑
인 쇄 : 청룡
연 락 처 : 1899-1341
홈페이지 주소 : www.poemmusic.net
E-Mail : poemarts@hanmail.net

정가 : 10,000원
ISBN : 979-11-6284-085-6